FÄHRTEN

Die Erzählung widme ich meinen Eltern
Charlotte Li und Arend

Tosha Green

FÄHRTEN

Mit Bildern von Kirsten Harkensee

*Bibliografische Information der Deutschen Nationalbibliothek:
Die Deutsche Nationalbibliothek verzeichnet diese Publikation
in der Deutschen Nationalbibliografie; detaillierte bibliografische Daten sind im Internet über http://dnb.dnb.de abrufbar.*
© 2015

*Name des Autors/Rechteinhaber: Tosha Green
Illustrationen und Cover: Kirsten Harkensee
Alle Bilder werden mit Genehmigung der Künstlerin
verwendet.
Herstellung und Verlag: BoD – Books on Demand,
Norderstedt
ISBN: 9783738612141*

1   Es wird Herbst. Die Wölfin ist auf einem ihrer Streifzüge durch den Wald. Ihre Nase vibriert, der linke Vorderlauf erstarrt, hängt angespannt in der Luft, die Ohren in den Wald gedreht. Es knackt. Aus dem Unterholz tritt die Eiskönigin. Eine unerwartete Begegnung: Hier ein Knurren, dort ein Zurückweichen. Doch gehen sie ein Stück nebeneinander den Waldweg entlang. Das Laub an den Bäumen ist schon licht, die Herbstsonne zeichnet Flecken auf das Moos. Die Wölfin lauscht zur Eiskönigin hin, ihre Sinne sind hellwach, sie ist vorgewarnt. Die Eiskönigin hat letzten Winter auf sie geschossen. Bei der Eiskönigin wusste sie nie, wann sie die Waffe zog. Eine kalte Herrin, in deren Wäldern sie lebte.

Manchmal fallen Dinge und Menschen plötzlich durcheinander, die du an ihrem Platz geglaubt hattest. Du stellst fest, dass du selbst es warst, die wollte, dass sie einen bestimmten Platz einnehmen. Es entspricht den Dingen jedoch nicht, einen Platz einzunehmen, der ihnen von einem anderen Geist aufgezwungen wird. Am allerwenigsten lebenden Wesen, wie Menschen und Wölfen. Es ist gut zu wissen, wer du bist und in welches Rudel du gehörst. Ein Mensch ist ein Mensch, ein Wolf ein Wolf. Du kannst aus einem Menschen keinen Wolf machen und aus einem Wolf keinen Menschen.

„Trotzdem hätte sie nicht auf mich schießen müssen, nur weil ich gern in ihrem Rudel gelebt hätte." Die Wölfin riecht die Erde und denkt an ihre Kinder, die vor ein paar Wochen das Rudel verlassen haben. „Geh", sagt sie zu sich, um sich loszureißen, „geh einfach weiter. Mein Körper trägt mich, mein Fell, mein Herz, mein Instinkt."

Es ergibt sich, dass sie Freundschaft schließt mit einem Bauern, den sie von weitem täglich auf seinem Feld arbeiten sieht. Sicher bekäme auch der Bauer Angst, wenn er sie sähe und vielleicht würde er auch versuchen sie zu töten. Sie hat aus der Begegnung mit der Eiskönigin gelernt, schon allein ihrer Kinder wegen. Doch manchmal waren die heranwachsenden Wölfe neugierig, so dass sie einzelnen Menschen im Wald auf leisen Pfoten hinterherliefen. Doch die Menschen haben Angst. Daher legt sie sich in einem sicheren Abstand ins Unterholz, von wo aus sie dem Bauern bei der Arbeit zuschauen kann. Der Geruch menschlichen Blutes ist Duft für sie. Sie sehnt sich nach der Schönheit der Menschen und ihrem aufrechten Gang. Nach dem Bauern, seinem Knecht und den Menschen in den Dörfern des flachen Landes im Osten, das sie auf ihren Wanderungen durchquert. Die Körper der Menschen sind anmutig. Doch wenn sie, in sehr seltenen Momenten, in ihre Augen blickt, sieht sie dort Regungen, die sie nicht kennt.

„Die Menschen haben kein Fell. Die Wärme ihrer Körper weicht nach außen. Sie sind verletzbar", stellt die Wölfin fest. „Sie sind feine Wesen auf Mutter Erde, fähig sich gegenseitig Mitgefühl entgegen zu bringen. Aber sie sind ebenso fähig sich gegenseitig zu verletzen. Sie sehnen sich danach, die Wärme mit den anderen ihrer Art auszutauschen und doch haben sie Angst davor." Die Wölfin weiß auch, dass die Menschen, außer dem Bauern, die Erde nicht spüren.

Und auch das hat sie mir später mitgeteilt, als ich mit ihr auf anderen Fährten wanderte: „Ihr Menschen habt die Möglichkeit, eure Gefühle und eure Intelligenz zu nutzen, um etwas Einzigartiges und Gutes auszudrücken. Doch tun es nur wenige."

Der Herbst kommt, der Winter, danach Frühling und der Sommer. Der Bauer fährt eine gute Ernte ein.

2 Es ist Sommer. Ich gehe die Straße entlang, in der ich mit ihr gelebt habe. Nun ist der Boden trocken und staubig, durch Löcher aufgerissen. Die Häuser rechts und links dieser Straße stehen leer. Ich komme am Tor ihres Anwesens vorbei, das von einer mächtigen Mauer umgeben ist. Das Tor ist rostig, es ist aufgebrochen worden und hängt nur in einem einzelnen Scharnier. Es quietscht im Wind. Ich wage einen Blick in das Anwesen: Ein großes Haus mit Efeu überwuchert, die Fenster tot, kein Leben. Die Herrschaften scheinen schon lange fort zu sein. Sie scheint lange fort zu sein, die Eiskönigin.

„Wir haben unser Leben lang Zeit", hatte sie gesagt, und: „Du bist etwas Besonderes für mich." Doch unser Zusammensein musste versteckt werden, der Schein in der Öffentlichkeit war ihr wichtiger. Liebe oder Angst. Und plötzlich wurde der Platz, den vorher ich füllte, mit einem männlichen Geliebten besetzt. Nicht zusätzlich, sondern ausschließlich. Abgeschossen. Ein Schuss, nicht mal ins Herz, sondern in den Bauch.

Lange war ich nicht hier. Warum hat sie nicht mit mir gesprochen? Was war eigentlich passiert? Ich wurde ausradiert, wie eine unerwünschte Figur aus einem Bild. Nichts für die Galerie. Es war nicht mein Anliegen in ihrer Bildergalerie Würdigung zu finden. Nein, das war nicht der Grund, warum ich bei ihr war. Ich hatte uns in einem farbigen Bild gesehen. Doch es war eben nur ein Bild und nicht die Wirklichkeit. Dass es da einen Unterschied gab, musste ich damals erst lernen.

Der Sommerwind weht mir Sand in die Augen, den er vom Weg aufliest.

„Wie fällt die Ernte wohl aus, wenn die Saat hohl ist? Wie soll etwas wachsen, wenn der Boden staubig und trocken ist, und der Regen bei jeder Gelegenheit die Furchen aufweicht?" Ich setze mich auf einen Stein und starre auf das verlassene Anwesen bis der Himmel sich für den Abend verfärbt. Ich bin müde.

In einem verwilderten Graben nahe dem Anwesen sehe ich einen leblosen Körper. Ein Mensch? Ein Tier? Ich wage mich näher heran: ein Wolf, er blutet, doch er atmet, flach zwar, aber der Körper bewegt sich. Obwohl mich meine Erfahrung mahnt, „was mische ich mich ein, es braucht mich nicht", treibt mich etwas zu dem Tier hin. Es ist eine Wölfin. Ihr Blick prüft mich, dann gibt sie ihre Erlaubnis: Ich darf mich nähern. Ich berühre sie nicht, sie ist kein Hund, sondern ein Wolf. Sie braucht Wasser. In dieser verlassenen Gegend muss es Wasser geben. Bei einer rostigen Bahnbrücke finde ich ein Rinnsal. Während ich das Wasser in meinen Händen zur Wölfin trage, spreche ich mit dem Tier. Sie hat eine Wunde. Wurde auf sie geschossen?

Langsam kommt sie zu Kräften. Als ich mich mit neuem Wasser nähere, werde ich mit hellgrauen, klaren Wolfsaugen eingefangen. Sie saugen mich fast hinein. Diese Augen weisen mir den Weg, das werde ich noch öfter erleben. In diesem Blick sehe ich plötzlich eine Landschaft: Weites, offenes Land. Es wartet. Ich höre seine Botschaft:

„Ein brennendes Feuer wurde dir ins Herz gelegt. Es möchte hinausgetragen werden in ein weites Land. Das Land wartet darauf. Folge deiner Sehnsucht. Das weite Land wird dich willkommen heißen. Ziehe hinaus, um zu begegnen und zu erfahren. Das Feuer in dir wird sich mit deinem liebenden Herzen verbinden. Auf diese Weise wirst du das Geheimnis deines Lebens entschlüsseln. Dann wirst du angekommen sein."

Diese Worte, woher sie auch kommen mögen, greifen in mich, wie ein frischer Atem und reißen mich hoch. Ich weiß nicht, wer ich in diesem Augenblick bin, doch ich kenne dieses Tier und ich werde ihm folgen. Ich hole mehr Wasser von der Eisenbahnbrücke, bis das Leben völlig in die Wölfin zurückkehrt und sie sich aufrappelt. Sie schüttelt sich und setzt sich in Bewegung.

Mein Blick geht zurück zum Anwesen: Die toten Fenster, die Mauer, die Erinnerung an das, was ich hier erlebt habe. Ich schüttele den Kopf. „Leb wohl!" Dann setzen sich meine Beine ebenfalls in Bewegung.

3   Weit vorne geht die Wölfin. Meist bewegt sie sich im Trab vorwärts. Zu schnell für mich, doch bleibt sie in meiner Nähe und ich in ihrer. Erst über die Felder, später an einem Dorf vorbei. Wir halten uns am Rande. Die Menschen fürchten Wölfe.

Wir durchqueren einen Fluss, oder das, was einmal ein Fluss gewesen ist. Er führt kein Wasser. Im Schlamm stecken Dinge fest, die dort nicht hingehören. Ein Fahrrad, eine Holzkiste. Jemand hat Tomaten in das Flussbett geworfen. Dinge, die darauf warten, vom Fluss weiter getragen zu werden, doch der Fluss fließt nicht.

Am dritten Tag laufen wir durch eine Graslandschaft ohne Bäume. Bis zum Horizont wiegt sich das ockerfarbene Gras. Wo gibt es mehr Himmel? Am Abend gießen sich die Farben unerwartet schnell über die Landschaft: gelb, orange, violett, schwarz. Hier rasten wir für die Nacht.

Während unserer Wanderung Richtung Osten treffen wir auf Berge, gehen durch Bäche, Flüsse, Wasserfälle und sind immer noch zu zweit. Es ist schön zu zweit zu sein. Für die Wölfin möglicherweise auch? Sie wäre frei zu gehen. Noch ist sie hier. Sie bewegt sich sicher in diesen Landschaften und Weiten. Sie kennt die Jahreszeiten. Sie ist es gewohnt zu jagen, unter dem sternenklaren Himmel. Sie kann in kalten Nächten überleben. Sie kennt den Duft des trockenen Schnees. Sie gefällt mir. Mir fällt ein, dass ein fernes Volk seine Wölfe Tikaani nennt. Ja, sie ist eine Tikaani.

Sie leitet mich, und ich lasse mich leiten. Wohin weiß ich nicht. Ich bin hier, wo ich jetzt bin. Ich weiß nicht warum ich hier bin und was kommt. Doch habe ich einen Entschluss gefasst auf der staubigen Straße vor dem verlassenen Anwesen, als ich die Wölfin fand. Als sie sich aufrappelte, ist auch in mir Etwas wieder erwacht: Mein Wille ein Mensch zu sein. Ich weiß nicht genau, was das bedeutet: Menschsein. Hat es etwas mit Vernunft zu tun oder mit Fühlen? Vielleicht erst einmal dies: Ich bekam die Chance, der Wölfin, Tikaani, meine Zuneigung zu schenken, obwohl ich Angst hatte. Sie hat zugestimmt und ist noch hier. Ich bestimme nicht den Weg, ich gebe mich ihrer Fährte hin. Ich folge dem Ruf, den ich in ihren Augen wahrnahm, bevor wir losgingen. Wir sind zu zweit.

Nomaden unter dem Himmel, der uns jeden Tag aufs Neue sein Wort gibt. Ich bin mehr als vorher.

4   Der Wald ist dichter jetzt, es geht bergauf und bergab. Unter den Schritten knistern die Nadeln. Wenn ich stehen bleibe, höre ich den tiefen Atem eines Windes, der um den Wald streicht. Einige Kronen der Bäume bewegen sich hoch oben mit dem Wind. Von einem Wipfel heult eine Eule:

„Schau hin! Wen lädst du ein in dein Leben?" Ihr Blick ist dunkel und eindringlich. „Sei dir selbst so lange lieb, bis dein Herz satt ist. Dann schau hin, welche Menschen du in dein Haus bittest."

In der Nacht träume ich von einem erleuchteten Haus. Ich schaue von draußen zum Fenster herein. An einem Tisch sitzen Menschen, sie essen, trinken und lachen. Doch die Menschen sind grob in ihren Gesten. Mit ihren verschleierten Blicken sehen sie mich zwar am Fenster stehen, doch sie erkennen nicht. Vorerst werde ich niemanden einladen in mein Haus. Ich gehe weiter über das Feld, in den Wald. Ich bin draußen, ich bin frei.

5   Im flachen Land im Osten rasten wir in der Nähe eines Ortes. Die Häuser hier sind mit Kacheln verziert. Die Kirche ist aus Holz. Die Menschen sind freundlich. Während Tikaani bei den Feldern bleibt, wage ich mich auf den Marktplatz, das ist meine Art nach Nahrung zu suchen.

Neben mir sitzt eine alte Frau. Sie trägt türkisfarbene Steine um den Hals und einen bunt bestickten Rock. Sie füttert Gänse. Die Sonne ist warm. Kinder spielen mit Steinen. Die Steine sind mit vertrockneter Flüssigkeit verklebt. Menschen überqueren den Platz: Dunkle, helle, kleine, große. Ich höre Sprachen, die ich nicht verstehe und sehe Männer und Frauen, die Gemüse vom Feld auf den Markt tragen. Die Dorfälteste sitzt in ihrem Holzverschlag im Schatten. Da bemerke ich, dass die Frau mit den türkisfarbenen Steinen einen Duft von Rosen verströmt. Ich denke, sie bemerkt mich nicht, weil ich nur sitze und schweige. Doch als sie aufsteht, um zu gehen sagt sie „Auf Wiedersehen" in meiner Sprache.

Ein Mädchen geht zu den Jungs und gesellt sich zu ihrem Spiel. Sie akzeptieren. Kein Murren, keine Verhandlungen. Ich sitze dort und schaue dem Treiben zu und frage mich, wie sich der Augenblick anfühlen wird, der mich auffordert von diesem Platz aufzustehen und zu gehen. Doch in diesem Augenblick gibt es keinen Grund zu gehen. Mittlerweile sind die spielenden Kinder direkt neben mir und verhandeln mit der Mutter des Mädchens. Sie tauschen Steine und Murmeln. Wann und warum haben sie ihr Spiel aufgegeben und sind zu der Mutter gegangen? Was hat die Situation verändert? Ich habe es nicht bemerkt. Es gibt einen unsichtbaren Rhythmus im Untergrund, doch sehen kann man ihn nicht, nur spüren.

Ich sitze ganz dicht bei den Kindern, schaue ihnen direkt in die Augen und höre ihre unterschiedlichen Stimmen, kaum eine Armlänge von mir entfernt. So nah neben ihnen und doch kein Teil von ihnen. Mein Blick geht auf die Steine des Dorfplatzes. Mich überkommt aufs Neue der Wunsch, der mir folgt wie ein Schatten: Ergründen zu können, warum ich hier in diesem Leben auf dieser Erde bin, in einer Welt, in der ich mich so wenig zu Hause fühle. Was mache ich hier? Ich verbringe mein Leben mit Warten auf etwas, das niemals kommen wird: Ein Heim, Kinder, Familie, einen eigenen Acker, so wie ihn alle haben. Ich erschrecke, denn mir war nicht bewusst, dass ich diesen stummen Wunsch in mir trage. Doch das ist nicht mein Weg - das ist mein Irrweg! Mit diesem Irrweg verhindere ich meine Kraft, mein Leben, mein Glück. Der Ruf meiner Seele verhallt ungehört und ungelebt.

Was ich wirklich möchte ist hier sitzen und beobachten und wach sein, das Leben spüren, den Rhythmus im Untergrund und mit ihm fließen. Ich kann zwar an der Oberfläche sichtbar Murmeln tauschen, mich austauschen, etwas tun, doch es ist nicht entscheidend. Es entscheidet nicht darüber, ob ich existiere oder nicht. Ich muss nichts tun, muss nicht aktiv sein, etwas erreichen, Kinder bekommen, einen Acker bestellen, ein Haus bauen, um mir zu beweisen, dass ich am Leben bin. Ich bin erstaunt über diese Verschiebung meiner Wahrnehmung.

Als wir am Morgen wieder auf dem Weg sind und der Tau an den Gräsern meine Beine kühlt, erzähle ich Tikaani von dieser Erkenntnis. Da weicht mein Gefühl der Heimatlosigkeit der Gewissheit, dass ich mich von Äußerem lösen darf. Dass ich nicht außen suchen muss, um anzukommen. Ich darf mich in meinem inneren Wesen niederlassen. Dann bin ich zu Hause. Das ist meine Heimat.

6   Die Zeit vergeht auf dieser Wanderung. Die Tage erwachen, vergehen und enden. Dann kommt die Nacht, danach ein neuer Tag an einem anderen Ort. Manchmal verweilen wir auch einige Tage an einer Stelle. Wie hier zum Beispiel.

Die Straßen sind aus hellem Stein in dieser Region, nicht aus Staub und Sand wie in der Ebene. Als wir uns von den Bergen her Galileos Stadt nähern, sieht man die trocken gelegten Sümpfe. Die Menschen hier sagen, dass das Fieber zurückgegangen sei, seit man die Sümpfe austrocknet und den Mücken ihren Lebensraum nimmt. Die großen Häuser sind hübsch gebaut. Hier liebt man das Schöne. Tagelang sitzen die Wölfin und ich auf einem großen Platz, der nach einem harmonischen Plan angelegt wurde. Das spüre ich.

„Siehst du es?", gibt Tikaani mir zu verstehen. „Menschen sind zu Gutem und Einzigartigem fähig, wenn ihr eure Intelligenz zum Werkzeug eures Herzens macht. Dieser Platz ist von jemandem gebaut worden, der fähig war Harmonie zu erschaffen." Sie spitzt die Ohren und legt ihren Kopf zurück auf ihre Läufe.

Vielleicht sehen die Menschen in der Stadt einen Hund in ihr und haben deshalb keine Angst. Die Menschen auf dem Land sehen Wölfe. Man sieht, was man kennt.

Seit drei Tagen lagern wir jetzt auf dem Platz der Harmonie. In seiner Mitte steht ein Brunnen. Außer uns sitzen und bewegen sich mal mehr, mal weniger Menschen um den Brunnen. Warum wir hier warten? Ich weiß es nicht. Die Wölfin hat uns hergeführt und sich dann in den Schatten gelegt, seitdem ruht sie. Ihr Verhalten sagt mir: Wir bleiben.

Dann passiert es. Plötzlich sitzt dieser Mensch am Brunnen. Er sitzt hinter einer Steinfigur. Erst schauen wir uns ein paar Mal an. Später gehe ich zu ihm und teile Nüsse mit ihm. Er holt gesalzenen Fisch aus seiner Tasche. Eine Musikantenfamilie kommt auf den Platz. Ein Mann mit Geige, seine Ziehharmonikafrau und ein trommelndes Kind mit roten Lederschuhen. Sie spielen ihre Musik. Der Mensch mit dem Fisch und ich beginnen zu tanzen. Erst zögerlich. Welche Bewegung macht er? Folgt mein Körper seinem oder nimmt er eine andere Richtung? Wir bewegen uns im stockenden Rhythmus. Wie in einem Gespräch in Bewegung, das nicht geübt, doch lange überfällig ist. Wir tanzen. Wir tanzen Bilder und Erinnerungen, Worte und Gefühle. Er tanzt, das, was er verloren hat: seine Tochter, seine Frau. Ich tanze mein Leben im Anwesen auf der staubigen Straße, mit der Eiskönigin, einer kalten Liebe, und die Wanderung mit der Wölfin.

„Menschliche Liebe ist nie genug und doch suche ich sie", tanzen wir. Ich gebe ihm alles, was ich hier in diesem Moment habe. Er gibt mir, was er hat. Er schenkt mir meine Weiblichkeit zurück, weil er sie mir nicht hat nehmen wollen, in all den vergangenen Leben nicht. Weil er der ist, der er ist. Wir tanzen unsere Begegnung in vielen Jahren, vielen Leben. Er hält meine Hände, liebkost meine Füße, stößt mich zurück, nimmt sich eine andere Frau, hält mich fest und wirft sich in den Dreck vor mir.

„Steh auf!", tanze ich und trommele auf den Boden. Ich gebe ihm meinen Rücken, meine Brust, meinen Hals, meine Arme und Hände und den sternenklaren Himmel über der Steppe. Da steht er auf und lächelt.

„Wo warst du so lange?", fragt er mich, nachdem die musizierende Familie gegangen ist. Ich weiß, was er meint. Denn es gibt keinen Grund mehr nach irgendetwas anderem zu fragen, als der Wahrheit. Oder etwas anderes zu fühlen und zu sagen, als die Wahrheit, die aus mir heraus spricht, wie Bilder, die sich durch dieses Wiedersehen aufblättern. Tiefer kann ich nicht steigen. Es ist neu für mich, doch es fühlt sich wahr an und gut. Das ist die Wahrhaftigkeit in mir und Anderen, die ich suche, die mir ein fruchtbarer Boden ist.

Tikaani hat ihren Kopf auf ihre Vorderläufe gebettet und blinzelt. Sie schaut kurz her und ruht dann weiter im Schatten. Das heißt, es ist noch Zeit zu verweilen. Der Mann, er heißt Hannes, und ich sitzen am Brunnen und halten uns bei den Händen. Durst, Hunger, trinken, essen, spüren. Menschliche Energie, menschliche Nähe.

„Du kannst mich nicht glücklich machen. Du kannst mich nicht unglücklich machen. Ich teile diesen Moment mir dir, ich tanze mit dir", sage ich und er nickt.

Diese Liebe drückt mein Herz immer noch schwer, nach all den Jahren. Wenn ich in Gedanken zurückwandere lacht mein Herz nicht, doch es liebt. Wir gaben uns unser Menschsein zurück, dort auf dem Platz. Jetzt weiß ich mehr darüber, was das bedeutet: Wir haben uns einander zugewandt, unsere Wahrheit gesagt, zugehört, Fragen beantwortet, die offenen Fäden der Vergangenheit, egal wie und wann sie sich abgespielt haben mögen, eingesammelt und verknüpft. Wir haben unseren Seelen Raum zum Tanzen gegeben.

7   Seitdem gehen wir zu dritt. Erst durch das Land Galileos, über ein Gebirge. Hannes möchte weiter nach Süden zur Stadt am großen Ozean. Es ist schön mit der Wölfin und dem Tänzer zu wandern. Es ist ein Wiedersehen, um einen Abschied möglich zu machen. Es ist gut, dass er wiedergekommen ist. Wir haben viel zu klären. Weib und Mann. Mann und Weib, Bruder und Schwester. Das sind wir miteinander gewesen, in anderen Zeiten, in anderen Leben.

„Warum hast du dich damals so grob verhalten?", fragt er.
„In dem Leben, als ich dein Mann war?"
Ich überlege. „Die Zeiten waren hart gewesen. Drei Sommer ohne Regen. Es ist schwer das Herz nicht mit Angst zu füllen, wenn man nicht weiß, was auf den Tisch kommt. Ich war grob zu dir, weil ich Angst hatte. Jetzt verstehe ich das. Ich war von mir selbst enttäuscht. Dir gegenüber habe ich mich genauso grob verhalten, wie zu mir selbst. Angst ist ein schwarzes Loch, in dem die Liebe verschwindet."

So sind wir in unserer Wanderung durch die Unendlichkeit einmal Frau und Mann miteinander gewesen, ein anderes Mal Bruder und Schwester, Hannes und ich. Jetzt und hier sehe ich die Frau in ihm, deren Mann ich einmal gewesen war. Sie ist aufrichtig, groß und hatte damals, in einem anderen Leben, einen Sinn gesucht. Ich sehe den Mann in mir, der ich mit ihr gewesen war. Ich hatte nicht ertragen, dass sie klüger und stärker gewesen war als ich, hatte meine Minderwertigkeitsgefühle in Schnaps ertränkt und sie so klein gemacht, wie ich mich selbst gefühlt hatte. Hier auf unserer Wanderung nach Süden, kann ich es sagen, muss ich es sagen:

„Du bist die klügste und schönste Frau, die ich mir vorstellen kann. Ich möchte dir zuhören, verstehen und mich von dir leiten lassen, wenn du mir die Chance gibst."

Er gibt sie mir und nimmt meine Hand. Dann verlangsamt Hannes seine Schritte und erzählt: „Ich erinnere mich an Folgendes: Ich war dein Bruder, in einer noch anderen Zeit. Unser Vater schickte dich früh fort in die Ehe. Wir lebten in einem Haus voller Bücher und Musik, doch dir war es verboten zu lernen, weil du eine Frau warst. Weißt du noch, wie wir heimlich zusammen meine Hausaufgaben machten, von Neugier getrieben und dem Wunsch zu verstehen?"

„Ja!"

„Wir lernten gemeinsam, was Auftrieb ist, wir studierten das Wachstum der Bohnen und beobachteten den hellsten Stern am Himmel im Laufe des Jahres und zeichneten seine Bahnen in unsere Unterlagen. Ich habe dich vermisst, Tosha, Schwester. Ohne dich war auch mein Leben in unserem Elternhaus ohne Liebe. Ich wollte dich besuchen in deinem Heim mit deinem Mann. Aber dazu kam es nicht. Ich glaube, ich ahne, dass du Grund hattest, so früh zu gehen. Ich wusste nicht, dass ich dich suchte, bis wir einander wieder gefunden haben am Brunnen."

„Bruder, Schwester, Frau, Mann", sage ich. „Was sollen wir nun anfangen?"

„Uns damit anfreunden, welche Wege unsere Seelen genommen haben. Meine Seele liebt deine. Früher, jetzt und in all den Leben."

In der großen, heißen Stadt am Ozean verbringen wir noch einige Tage miteinander. Der Abschied naht leise, wir wissen es. Er will über das Meer segeln. Ich muss und möchte hier auf dem Kontinent bleiben. Weiter gehen, meine Fährte finden, mein Leben erwandern mit meinen Füßen auf diesem Boden, mit Tikaani, so lange sie mich führt.

Es gibt nichts mehr zu sagen. Liebe ist. Sie ist in meinem Herzen geblieben. So ist diese Liebe zu diesem Menschen, weil er der ist, der er ist und ich, die ich bin. Als er lossegelt, verschwindet er mit dem Rücken zuerst in einer Wand aus Nebel, die ihn langsam umschließt. Wir behalten uns lange im Auge, mit einer Faust klopfe ich auf meinen Brust. „Lebe wohl und gut!"

8 Wir Menschen machen es uns schwer. Was wir uns wünschen und was wir tun, passt oft nicht zusammen. Vielleicht sind wir zu klug. Wir tragen den Kopf über dem Herzen, so sind wir gebaut. Vielleicht wären wir glücklicher, wenn wir das Herz über dem Kopf trügen.

Durch meine dünne Haut entweicht viel Wärme nach außen. Doch ich habe eine dickere Haut bekommen, seit wir durch die weiten Länder wandern. Das ist gut. Ich brauche die Energie für mich selbst. Als wir losgingen, auf der Straße in der toten Stadt, war das anders. Ich war verwundet. Der ausgedörrte Boden ist nahrhafter geworden. Die Begegnung mit dem Tänzer war gut. Ich bin ohne Umwege hinein gegangen in die unendliche Ebene in meinem Inneren.

Momentan verhalte ich mich ein bisschen wie ein Wolf, aber nur ein bisschen, jedenfalls wenn kein Tänzer und keine Tänzerin in Sicht sind. Ich lebe in der Wildnis, binde mein Sein an die Erde und den Sternenhimmel, wie das Tier. Wie ein Wolf bin ich gern im Rudel und lieber draußen, als drinnen und gefangen.

Die Nase der Wölfin fängt Gerüche ein auf unserer Reise. Von Pilzen, Bären, die sie meidet, vom Blut der Rehe und Wildschweine. Beeren, Moos, Rinde und den Geruch der Sterne. Der Geruch der Sterne ist trocken und kühl. Die Bewegung der Sterne zeichnet ein Muster, das von Harmonie spricht. Ob die Menschen davon wissen? In Dörfern und Städten wittert sie Verwesung und Verzweiflung.

9   Das Tier verhält sich anders. Sie ist unruhig, ihr Fell steht im Nacken hoch, sie knurrt mich an und zeigt ihre Zähne. Was hat sie?

Als ich mich umschaue, wundere ich mich nicht mehr, denn ein Mensch aus dem Dorf kommt über die Felder und folgt uns. Eine Frau. Sie sagt nichts und sie schaut mich nicht an. Das kenne ich von irgendwoher. Dieses Verhalten lässt mich instinktiv zögern. Tikaani zeigt ihre Zähne. Ich bin aus irgendeinem Grund gewarnt vor diesem Menschen ohne Worte, doch ihr Verhalten drückt aus: „Ich möchte mit euch gehen."

Wer bin ich, dass ich ihr verbieten kann denselben Weg zu nehmen, wie wir? Es ist keine persönliche Entscheidung. Wir reden nicht miteinander, doch ich spüre ein lebendes, menschliches Herz, das sich ebenso wie jedes andere wünscht, glücklich zu sein. Und auch ihres ist es nicht.

10   Die Farben sind klar weiter im Norden, die Landschaft hügelig. Abends lagern wir an einem See. Die Mücken schwirren, einige fliegen ins Feuer und verbrennen. Der fremde Mensch ist ein scheuer Mensch. Sie schläft im Schutz eines Holzstapels. Die Wölfin, die sich sonst in einem großen Radius bewegt und auf ihre Streifzüge geht, sich aber immer wieder blicken lässt und mich scheinbar nie ganz aus ihren Sinnen entlässt, bleibt jetzt nah bei uns. Meist bewegt sie sich räumlich zwischen mir und der Frau ohne Worte. Sie schützt mich. Ich verstehe nicht warum.

„Sieh mal", spreche ich laut zu ihr, in der Annahme, dass sie mich auf ihre Weise verstehen wird, und wenn nicht, habe ich es wenigstens gesagt, „ich habe nicht das Recht jemanden zu verscheuchen, ohne Grund. Dieser stille Mensch hat einen Grund, sich in unserer Nähe aufzuhalten. Ich weiß nicht, was genau getan werden muss, damit das Leben gut ist, doch jeder trägt seinen Teil dazu bei. Ob wir uns nun persönlich mögen, dieser Mensch und ich, oder nicht, spielt keine Rolle: Es ist meine Aufgabe, wachsam zu sein und das Feuer zu hüten."

11 Im Norden ist zwar Sommer, doch wir sind weit oben in den Bergen und meine Füße versinken hier im Schnee. Wir haben ein Lager in der Nähe eines Bauernhofes gefunden. Das Feuer brennt, der schweigende Mensch und ich horchen in die Stille, die Wölfin liegt etwas abseits von uns. Sie schläft. Ihre Läufe flackern, ab und zu zuckt ein Ohr, einer ihrer Zähne ist vor die Lefzen gestülpt. Ihr Fell ist dichter geworden, grauer, weißer. Sie wird alt, doch ist sie immer noch kraftvoll. Ihr Schlaf ist bewegt, sie träumt von den Sternen:

Die Sterne singen ihr von den unendlichen Möglichkeiten des Universums: „Kleine Wölfin, kleiner Mensch. Ihr seid nichts anderes, als diese sehr unterschiedlichen Möglichkeiten des Universums. Dein Wolfmensch ist das, was sie ist, die Person ohne Worte, was sie ist und du eine Wölfin. Alle anderen Wesen, sind das, was sie sind. Ihr müsst nirgendwohin, weil ihr schon angekommen seid. Ihr müsst nicht anders sein, als ihr seid, ihr dürft einfach nur sein. Das ist euer Lebensrecht."

12   Die Schneedecke ist durchsetzt mit dunklen Flecken: Bäume. Wir sind in den Bergen. Hier wird es früher dunkel, die Berge werfen ihre Schatten. Doch noch ist es nicht soweit. Die Wölfin und ich streifen durch den Schnee. Sie verhält sich, als wolle sie sicher gehen, dass ich ihr folge. Dass ich nur ja nicht vom Weg abkomme. Sie hat etwas vor.

Plötzlich ändern sich die Umgebungsgeräusche, der Raum wird weit, das Dickicht des Waldes wird jetzt durch große Lücken durchbrochen. Tikaani setzt zum Laufen an, um über einen Wall aus Büschen zu springen. Als ich zu ihr aufschließe, stehen wir auf einer Ebene an einer Klippe über einem Canyon. Vor uns geht es hinab in die Tiefe. Von weit unten höre ich das Wasser fließen. Gegenüber setzt sich die Ebene fort: Felsen, Schnee, Nadelwald, soweit das Auge reicht. Dunst liegt über dem fahlen Licht. Die Wölfin hält ihre Nase in die Luft. Ihre Hinterpfoten sind angespannt. Sie will doch nicht etwa springen? Dann kämmt eine Bö ihr Fell gegen den Strich. Ihr Körper vibriert. Sie horcht, dann knurrt sie, schüttelt sich, beugt ihre Hinterbeine und setzt sich. Ich verstehe: Ich bin hier um zu hören. Sie zittert wieder. Ich hocke mich neben sie und warte.

Über dem Felsplateau gegenüber lichtet sich der Himmel. Auf den Augen der Wölfin spiegelt sich das Geschehen am Himmel wider: Mächtige Wolken, getrieben vom Wind, dazwischen Sonne. Doch da ist noch etwas: Bilder. Aus ihren Augen steigen Bilder auf. Die Bilder fangen mich erneut ein, ziehen mich wieder in ihren Bann: Im Zeitraffer sehe ich mich mit Hannes in Galileos Stadt tanzen, noch einmal wandern wir gemeinsam zur Stadt am Ozean, verabschieden uns, bis er aufbricht und verschwindet. Jetzt sehe ich ihn in seiner neuen Welt. Er reitet durch eine mir unbekannte Landschaft. Eine Frau tritt ins Bild, sie umarmen sich, er ist angekommen. Dann blicke ich in das Gesicht des stillen Menschen ohne Worte, die mit uns wandert. Jetzt erkenne ich in ihr die Eiskönigin. Hat sie sich so sehr verändert, dass ich sie nicht erkannt habe? Hat die Reise mit Tikaani mich so sehr verändert? Zum ersten Mal seit den Jahren damals sieht sie mich direkt an und spricht zu mir durch die Wölfin:

„Ich hatte Angst, dass es falsch war, dich zu lieben. Angst, dass ich meinen Weg verlasse, wenn ich mich diesem Fluss öffne. Und ich hatte Angst, dass du mich verletzt und das hast du getan. Ich habe es nicht ertragen. Darum bin ich zurückgegangen, in mein Schloss, hinter die schützenden Wände."

Einen Moment lang ist das Gesicht der Eiskönigin, die der Mensch ohne Worte ist, die mit uns geht, noch zu sehen. Ich konzentriere mich und versuche es aufrecht zu erhalten, doch es versinkt in der Spiegelung des Lichtes auf den Augen des Tieres, die ihr als Medium dient. Nun hat sie das Schweigen aufgebrochen und geredet. Die Art und Weise ist sonderbar, dennoch nehme ich die Botschaft an. Denn es ist sinnlos stecken zu bleiben im Schmerz. Es ist gut hindurch zu gehen, wie durch einen mächtigen Wasserfall. Erst ist es ein irres Getöse, das Wasser fällt auf dich drauf, reißt dich nieder, stößt dich die Schlucht hinunter, zerkratzt dir die Haut und hämmert auf deinen Schädel. Wenn du entblößt und blau auf dem Grunde des Sees liegst, kommt die Stille. Dann bist du freier als vorher.

„Wie erkennst du den rechten Weg für dich?", frage ich Tikaani, als wir zurückgehen. Da setzt sie sich in Bewegung, einem Impuls oder Instinkt folgend. Ja, so werde auch ich es von nun an tun. Kein Zaudern, keine Erklärungen vor mir oder Anderen, sondern meinem Instinkt folgen.

Es wird dunkel.

13　Zurück in unserer Lagerstätte in der Scheune, betrachte ich die schlafende Eiskönigin. Warum sendet sie auf dieser Ebene eine Botschaft, wenn sie doch hier ist und sprechen könnte? Ist sie stumm? Ich verstehe das nicht mehr und mir geht die Energie aus zu warten und es verstehen zu wollen. Seit der Botschaft an der Klippe frage ich mich, warum ich mit diesem schweigenden Menschen Raum und Zeit teile. „Schau genau hin, wen du einlädst in dein Haus."

Plötzlich wird mir klar, dass ich das nicht mehr brauche. Es ist vorbei. Ich werde diese kalten Splitter aus mir herausziehen, die Eiskönigin weiter hier frieren lassen und der nordischen Tundra überlassen. Noch weiß ich nicht wie und wann.

Der richtige Moment zeigt sich am nächsten Tag. In einer Senke im Wald, wo der Schnee zu einem kleinen Fluss wird, schöpfe ich Wasser, die Wölfin hat mich begleitet und raschelt im Unterholz. Als ich aufblicke sehe ich die Eiskönigin am anderen Ufer stehen. Was macht sie da drüben? Warum kommt sie nicht herüber? Wir sind doch hier! Sie schaut nur leer, sie winkt nicht, sie lächelt nicht, als verbiete sich ihr jegliche menschliche Geste. Warum nur ist sie hier? Ich warte jetzt noch einen einzigen Augenblick, für den Fall, dass sie doch noch herüberkommen möchte. Doch dann würde das Eis tauen und sie mit ihm. Noch einen Augenblick … Es passiert nichts.

Umdrehen und gehen! Aus diesem grauen Bild hier heraus, raus, raus, raus und nicht zurückschauen. Die rostigen Splitter sind gezogen, sie gleiten mir aus der Hand, und versinken im Schnee. Ich schaue nicht zurück, nicht ein einziges Mal. Denn, unerwartet, habe ich unbändige Lust auf andere Himmelsrichtungen. Süden zum Beispiel! Ich möchte fließen wie der Fluss in der Senke, aber warm! Im Sommer, wenn er sich geschmeidig um die Steine schlängelt, Vertiefungen füllt und bewegt gurgelt.

Im Lager setze ich das Wasser ab, vielleicht kann es ja noch jemand gebrauchen. Schneller, laufen! Der Ofen in mir fängt an zu lodern. Das Feuer brennt.

14 Schwingen auf Schnee. Sinken in Schnee. Pulverleicht.

Hat es einen Grund warum gefrorener Regen leichter ist als ungefrorener Regen? „Stell dir vor", sage ich zu einem Kaninchen, das meinen Weg kreuzt, „im ohnehin leichten Sommer fiele noch leichterer Regen, da würden wir Schwerkraft verlieren." Im Sommer, wenn die Erde heiß und die Luft dick ist, der See still steht, brauchen wir Regen mit seinen satten Tropfen. Kraft, die sich nach unten richtet.

Tikaani ist nicht in Sicht. Vielleicht dehnt sie ihr Revier aus, hat Witterung aufgenommen und jagt. Dennoch höre ich ihren Atem dicht bei mir, fühle ihre Kraft. In einer mondhellen Nacht sehe ich einen Wolf weit entfernt über einen Acker laufen. Ich weiß nicht, ob es Tikaani ist oder ein anderer ihrer Art. Sie taucht wieder auf, da bin ich sicher.

Meine Füße schmiegen sich an das Moos, auch sie gehen auf neuen Fährten.

15   Rote Paprika und Kartoffeln, dazu eine Forelle. Der Hausherr hat sie vom Fluss mitgebracht. Die Familie, die mich ein paar Tage lang zu sich eingeladen hat und beherbergt, sitzt am Tisch. Gerade wurde das Gebet gesprochen und nun essen wir. Teller mit einfachem, leckerem Essen. Die Frau des Hauses hat das dritte Kind bekommen. Ihre älteste Tochter ist acht Jahre alt, die jüngere fünf. Der Säugling, ein Junge, ist vor ein paar Wochen geboren worden. Er hat noch keinen Namen. „Er wird ihn sich finden", sagen sie.

Das Haus ist klein und liegt mitten in einer moorigen Landschaft nah an einem großen Fluss, der eine Tagesreise weiter südlich in ein großes warmes Meer mündet. Die Familie ist Teil einer eigensinnigen Gemeinschaft. Im Laufe der Generationen haben sie eigene Gesetze gemacht, die die Gemeinschaft lebensfähig erhalten soll. Jeder Dorfbewohner, egal ob Mädchen oder Junge, wird im Alter von 18 bis 20 Jahren ein Jahr lang in die Fremde geschickt. Zunächst lernen sie in der eigenen Familie, wie man Obst anbaut, Haustiere hält und schlachtet, verarbeitet, salzt, trocknet, Brot backt, Häuser baut, das Holz für die Häuser bearbeitet, Stoffe einfärbt, Honig macht, den

Wald nutzt, so dass er auch für die nächste Generation noch Holz spendet, Säuglinge füttert und windelt. Die Eltern machen in der Ausbildung keinen Unterschied zwischen Jungen und Mädchen. Mit 18 gehen sie ein Jahr lang auf Wanderschaft. „Um sich abzunabeln und ihren Horizont zu erweitern", erklären sie.

„Einige Dinge werden sich aber auch in unserer Gemeinschaft nie ändern: Frauen kriegen und stillen die Kinder", zwinkert die Mutter mit roten Wangen.

„Wohin gehen die jungen Menschen, wenn sie hinausziehen?", möchte ich wissen.

„Zu Verwandten oder Freunden in der Ferne. Für uns ist das selbstverständlich. Schau dich an: du bist doch auch ausgezogen und wanderst fern deiner Heimat durch die Welt."

„Das stimmt." Ich zerteile eine Kartoffel und tunke sie in schmackhaftes Öl. „Und nein. Dort, wo ich herkomme, ist es nicht selbstverständlich sich auf den Weg zu begeben. Meine Gründe es zu tun… Wenn ich es nicht getan hätte, wäre ich lebend tot geblieben. Ich bin unterwegs, weil ich mich bewegen muss, alte Pfade verlassen, neue gehen, mich erweitern, etwas ausschwitzen, die Natur und Weite atmen. Eure Gastfreundschaft und Lebensweise bereichern mich sehr. Vielleicht werde ich irgendwo zur Ruhe kommen, einen Platz finden, wo ich bleibe, vielleicht auch nicht. Ich weiß es nicht."

Das Dorf liegt umgeben von kleinen Feldern, geteilt durch Gräben, am Fluss, der viel geschmolzenen Schnee aus den Bergen und Regen mit sich führt. Ein Wald schließt sich an. Die Bäume, auch das Gemüse sind fett und gefüllt mit Wasser. Eine der Töchter zeigt mir die giftigen Beeren und die essbaren Blüten dieser Gegend. Einige sehen denen ähnlich, die ich kenne, andere sind mir fremd. Es rührt mich, dass sie mir vertraut, ihr Wissen mit mir teilt und zu sehen, wie sie jetzt weiter hüpft mit ihrem Körbchen voller Pilze und Beere, als Tikaani ihre graue Schnauze in einem Dickicht zeigt.

„Aha", denke ich, „du bist in der Nähe. Meine Kraft, meine Ausdauer, mein Auge und mein Herz." Als ich das in ihre Richtung sage, fühle ich Liebe zum Leben, die durch mich fließt, wie der Fluss durch diese Gegend.

„Jede Seele hat ihren eigenen Weg, Tosha. Wenn du deinen nächsten Schritt erkennen möchtest, geh zu Ran, dem Dorfältesten und bitte ihn, ein Ritual mit dir durch zu führen, dass den Blick für die Botschaften deines Inneren öffnet", rät mir die Frau des Hauses.

„Meinst du, ich kann ihn darum bitten, auch wenn ich eine Fremde bin?"

„Deine Seele spricht unsere Sprache, er wird sich über deinen Besuch freuen."

Ran erwartet mich in einer Hütte. Von weitem sehe ich Rauch aus dem Schornstein aufsteigen. Tikaani kommt nicht nah an die Hütte heran. Sie wartet, wie immer mit Abstand. Doch Ran hat scharfe Sinne, er bemerkt sie. In ihre Richtung deutend fragt er: „Dein Lehrer?" Ich nicke. „Wölfe gelten in unserem Volk als intelligente Totemtiere, die Schutz und Führung bieten, weil sie über hervorragende Orientierung und Intuition verfügen. Sie sind freie und gleichzeitig gesellige Rudeltiere, wie du weißt. Die Fähe verfügt über Mutterliebe und Hingabe und doch können sie aggressiv und unberechenbar sein. Enge entspricht nicht ihrem Wesen. Wenn sich ein Wolf einem Menschen als Krafttier zur Verfügung stellt, sind dies meist auch intuitive Menschen, die ihrem Rudel ebenso Schutz und Führung anbieten. Allerdings spüren sie das Leid anderer Menschen deutlicher, daher streiten sie häufig für gerechtere Umstände. Wie ihre tierischen Wesensfreunde sind sie manchmal unberechenbar und aggressiv. Enge ist nichts für solche Menschen. Sie sind gut beraten, sich ein in Freiheit lebendes Rudel zu suchen oder ein solches selbst zu gründen."

Ran bedeutet mir, mich auf eine Strohmatte ans Feuer zu legen. Er setzt sich zu mir und fragt mich, warum ich hier bin. Er erfährt das Gleiche wie die Familie vor ein paar Tagen. Ran schließt die Augen. Das Feuer speit einen beißenden Geruch aus, meine Augen tränen und ich verfalle in einen schlafähnlichen Zustand:

Ein Kanu. Das Wasser steigt. Als das Wasser hoch genug ist, um über die Stauschwelle des Dorfes zu steigen, fängt der Fluss an zu fließen. Er nimmt das Kanu mit. Der Fluss ist breit und führt durch eine weitläufige Landschaft, die mit trockenem Gras bewachsen ist. Dann ändert sie sich. Nun wird der Fluss eingefasst von Felsen an den Rändern, auf denen Büsche, vereinzelt Bäume, wachsen. Einmal der Geruch eines Ziegenbocks. Keine Menschen, ich fühle mich geborgen. Der Fluss führt klares Wasser. Auf seinem Grund weißer Sand, Steine, Muscheln, Krebse, Arme von Algen, die mit der Strömung tanzen, Larven und Fische.

Jetzt wird die Landschaft grün, das Ufer flacher, der Fluss schmaler und das Wasser wärmer. Zweige hängen in den Fluss und üppige Farne. Bäume bilden ein Dach über uns, dem Kanu und mir. Hier und da blinzeln Sonnenstrahlen herein. Ein Quellwasser tritt aus der Böschung, Duft von Jasmin. Das Kanu verhakt sich in einer Schlingpflanze und dreht sich gegen die Strömung. Angehalten. Dann fühle ich warmes Wasser um meinen Körper streichen, ich bade. In meinem Rücken spüre ich plötzlich einen anderen Menschen im Wasser. Seine Gesellschaft erschreckt mich zuerst, denn ich fühle mich entblößt und schutzlos, doch seine Energie fühlt sich gut an. Ich warte. Das Boot wird von unsichtbaren Händen an die Böschung gezogen. Nun gehe ich an Land, hinauf, ihm nach. Er bietet mir seine Hand zur Hilfe an. Jetzt schaue ich ihn an.

Als ich aufwache finde ich mich in dem kleinen Häuschen meiner Freunde wieder.
„Ran und seine Helfer haben dich hergebracht, um die Geschichten deiner Seele nicht zu stören."

Die Wölfin wartet nicht mehr, sie trabt Richtung Fluss. Also ist es wohl Zeit die Träume ernst zu nehmen und mit dem Kanu dem Fluss zu folgen. Ich verabschiede mich von der freundlichen, eigensinnigen Familie im Moor.

16   Die Sonne hat sich schon vor einiger Zeit hinter die Bäume gesenkt. Der Fluss trägt mein Kanu mit sich. Unwiderruflich fließen wir mit seinem klaren Wasser weiter. Lichter eines Dorfs ziehen vorüber auf unserer Reise. Die Nacht kommt. Eine Tageszeit, in der die Menschen in den Siedlungen sich zur Einkehr bereit machen. Eine Maus raschelt durch das Heu am Hang. Ein Rinnsal findet sein Ende im Fluss. Wir fließen, fließen, weiter, weiter, vorbei, vorbei, vorbei.

Was wohl die Menschen bewegt, die dort am Horizont bei den Feuern leben? Was träumen die Kinder, wenn sie schlafen? Ist das Vieh versorgt? Der Fisch eingelegt für den Herbst und Winter? Das Obst getrocknet für kalte Zeiten?

Lichter ziehen vorbei. Sie mit dem Blick halten zu wollen, scheitert. Sie sind schon vorbei. Mit ihnen gleitet ein Stück Leben vorbei.

Ich lenke das Kanu unter einen Baum und lasse mich ins Wasser gleiten. Es ist warm, es trägt. Ich schwebe, begleitet vom Echo des Plätscherns meiner eigenen Bewegungen. Der Himmel gibt seine dunkle Kuppel frei, die Sterne sind klar. Das Weltall mit der Erde, unserem winzigen Dasein, unbemerkt am Rand, klein und schön.

Nun trete ich hinein in die schwebende Stille der Zeit. Oben, unten, rechts, links mit den Sternen, sinke, falle weiter in den Raum, tauche ein in die Weite des Universums. Hier bin ich Nichts und Alles zugleich, hier in dem riesigen Raum. Dessen Bewegungen sehr langsam sind im Vergleich zu einem kurzen, aufgeregten, menschlichen Leben. Mein Dasein ist ein Wimpernschlag gemessen an der Dauer des Weltalles, wenn überhaupt. Es gebärt eine Galaxie, wenn es menschliches Leben lange nicht mehr gibt. In dieser Sphäre ist Alles was war und ist und sein wird. Ich muss nichts tun, hier kann ich mich ausruhen. Seelen gehen immer weiter. Nichts, niemand, kein Geschehen kann sie zerstören. Erfahrung reiht sich an Erfahrung, doch das Innere, das, was alles überdauert, ist davon unberührt. Es gibt keine Schuld, keine Schwere, kein Abschied. Hier erfahre ich es und nehme die Entscheidung zum wiederholten Male mit zurück in die materielle Ebene: Ich bin frei.

Als ich wieder im Kanu sitze sehe ich wieder die Lichter der Dörfer vorüber ziehen. Genauso wie mein Leben, meine Träume, meine Zeit vorüber ziehen. Ich kann sie nicht festhalten, ich kann gar nichts festhalten. Nicht einmal mein eigenes Leben kann ich halten. Der Fluss fließt weiter.

17   Der Sommer ist schon müde geworden, als ich hier auf dem Felsen am Ozean ankomme. Jetzt wohne ich in meinem eigenen hellgrünen Holzhäuschen. Die Gischt beißt sich am Granit die Zähne aus. Doch die Landschaft ist das ganze Jahr in sanfte Farben getaucht. Es gibt viele farbige Blüten. Vor dem Haus stehen eine Bank und ein Stock Rosen, der sich an der windabgewandten Seite an das Haus drängt. Wind, Felsen, Flechten, Gischt und Geruch von Muscheln und Tang.

Landeinwärts sind die Hügel und der Wald. Aus dem Inneren meines Häuschens kann ich ihn sehen. Wir kennen uns. Es ist ein freundlicher Wald. Meine Nachbarn kann ich ebenfalls vom Häuschen aus sehen. Auch sie wohnen auf dem Felsen und sind freundlich. Sie sind Fischer und haben ein Boot. An den Abenden sitzen wir manchmal zusammen am Ofen. Wenn es dunkel wird und ich zum Abendessen hinein gehe, wandern meine Gedanken manchmal zur Familie am Moor. Ich habe ihnen einen Brief geschrieben, in dem ich ihnen berichte, dass ich in der Unendlichkeit gebadet und sie als meine Heimat erfahren habe. Und auch, dass ich hier am tosenden Ozean unerwartet zur Ruhe gekommen bin und ein stabiles Plätzchen gefunden habe.

Meine Nachbarn schenken mir Fisch und Ehrlichkeit. Ich schenke ihnen Ehrlichkeit und deute für sie die Sterne am Nachthimmel, wenn sie fragen. Manchmal erzähle ich von den Landschaften und Menschen, denen ich begegnet bin. Und davon, was mich Tikaani lehrt. Dann sind sie meistens ganz still. Ich habe keine Ahnung was sie davon halten. Es ist mir auch nicht wichtig.

Der Winter ist mild und diesig hier. Es liegt fast immer Gischt in der Luft. Sie verwischt das dunkle Blau des Meeres mit dem helleren Blau des Himmels, den ockerfarbenen Hügeln und den aprikosenfarbenen Blüten. Wenn ich nicht im Wald oder am Wasser bin, arbeite ich im Obstgarten oder lese „Das Lied des Weisen". Ein Buch, das mir Ran mit gab. Das Lied ist schön. Fernab von engen Worten, in die ich es pressen müsste, um es zu beschreiben, erzählt es über die Energie, die das Leben ausmacht. Das Ohr des Ohres, den Atem des Atems.

Der Ofen ist kalt, ich muss hinaus Holz holen.

18   Die Sonnenstrahlen glitzern manchmal schon auf der Wasserfläche. Der Frühling kommt. Früh morgens segeln die Möwen durch die Luft. In den windstillen Winkeln höre ich Regenpfeifer. Das Meer tost wie eh und je, es gibt kaum einen Tag, an dem es Ruhe findet. Doch es gibt Zeiten, in denen die Strömung sich ändert und das Wasser vom Felsen wegtreibt. Meine Nachbarn, die Fischer, sagen, das sein die Tage, in denen sie nicht herausfahren. Dann hole das Meer die Fische aus den Tiefen des Ozeanes und man muss es gewähren lassen. An den anderen Tagen, wenn die Strömung wieder Richtung Land fließt, sind die Netze voll.

Die Zeit hier auf dem Felsen überschreibt die Zeit der Schwere und Suche jeden Tag mit neuen freundlichen Worten und Erfahrungen. Jeder Moment ist neu und frisch und enthält Weite. Darin zu sein macht mich auf eine feine, stille Art satt.

Mittlerweile kenne ich die Menschen hier, auch einige aus der Stadt hinter dem Wald.

19 An einem Dienstag im Juli beginnt es. Erst habe ich es daran gemerkt, dass ich auch bei Dunkelheit nicht mehr fror am Abend auf dem Felsen. Dann am Mittwoch: Ich bin auf dem Markt. Wir Leute aus dem Dorf reden und tanzen, nachdem die Taschen voll sind mit Obst, Gemüse, Brot, Honig und Ziegenfleisch. Ich tanze und weine und singe. Mir ist warm dabei. Da steht er plötzlich vor mir: Ein Mensch mit dunklen, warmen Augen. Er bietet an, mich mit seinem Karren nach Hause zu bringen, denn es hat angefangen zu regnen. Das ist die Geste, die die Veränderung sichtbar macht.

Am nächsten Tag macht der Bürgermeister die gesamten Beschlüsse aus dem Dorfrat mit einem Streich zunichte. Ich frage ihn, ob er eigentlich irgendetwas außer sich selbst sieht, ob er Bürger will oder Statuen, die stumm und blind da stehen und nicht denken, damit er sich weiterhin groß fühlen kann. Er zeigt keine Reaktion, die Anderen auch nicht. Wieder das Schweigen.

Dann geht es Schlag auf Schlag. Morgens früh komme ich aus dem Wald vom Beeren sammeln: Mein Haus brennt. Die Nachbarn helfen beim Löschen. Eine Hälfte des Hauses geht in den Flammen auf. Ich bin sicher, dass es der Bürgermeister war. Wieder die Feindseligkeit, wenn ich sage, was ich empfinde, ungerecht oder schief. Will er mich einschüchtern? Wie dumm von ihm. Wie soll ich wissen, dass ich vor ihm Angst haben soll, wenn er sich nicht zeigt.

Als ich durch die Hügel streife, um mir in Ruhe zu überlegen, ob ich an diesem Ort bleibe oder gehe, steht plötzlich Tikaani auf dem Weg und schaut in meine Richtung. Als ich mich nähere bleibt sie, wo sie ist und schaut mich an. Ihre Körperhaltung und ihre grauen Augen, die noch immer klar und tief sind, weichen nicht aus, sie straucheln nicht. Sie sagen: „Ich bin hier, rechne mit mir."

Genauso werde ich es tun. Ich werde nicht weichen, nicht vor solchen Methoden und Menschen wie dem Bürgermeister. Meine Wut trage ich ein paar Tage herum bis ich schwarz unter den Augen werde, dann begrabe ich sie unter dem Rosenstock in meinem Garten. Dort bleibt sie liegen, schwer wie ein Stein, bis die Erde diesen Stein wieder ausspuckt und ihn dorthin bringt, wo er ihrer Meinung nach hingehört.

Die Nachbarn bringen Holz und Fisch. Sie richten mit mir das Haus wieder her. Der Mensch mit den dunklen, warmen Augen heißt Pieter. Jetzt steht er mit den Nachbarn in meinem Garten. „Wie möchtest du die Gaube haben", fragt er, „rund oder eckig?"

„Gib mir Zeit, ich möchte drüber nachdenken."

Eine Woche später ist er wieder da, doch er fragt nicht. Er ist einfach da und hilft uns die Hälfte des Hauses wieder auf zu bauen.

Die Begegnung mit Pieter hat meinen Körper und mein Herz geöffnet. Doch dies zuzulassen, soweit bin ich noch nicht. Ich habe es verlernt, einen Menschen zu lieben, vielleicht habe ich es auch nie gekonnt. Mein Kopf sagt mir, ich solle mein Begehren tief in mir vergraben. Er darf nichts davon erfahren. Die Angst, entblößt in der Kälte zu stehen, wenn ich mich öffne, wie in der Zeit mit der Eiskönigin, schiebt sich wie ein Felsen vor mein Herz. Ich habe keine Kraft für eine neue Demütigung, auch nicht für Sehnsucht, Träume und Illusionen. Mein Instinkt ist an dieser Stelle irritiert, meine Einschätzungskraft brüchig. Was wahr ist, ist nur wahr in mir und ich werde es mit niemandem teilen, solange ich nicht eindeutig merke, dass er es ebenfalls mit mir teilen möchte.

Bevor die Nacht ihre Arme um mich schließt, erinnere ich mich daran, dass sich alles zurückzieht, was ich begehre. Also übergebe ich „es" dem Fluss der Zeit.

20 Im Korb ist ein Huhn, Gemüse, Ziegenkäse und Thymian, den mir meine Freundin gegeben hat. Nachdem ich meinen Einkauf erledigt habe und auf dem Markt plaudere, kommt Pieter auf mich zu und streift mit seiner Hand mein Bein. Einfach so. Eine Berührung, die mein Körper mit einem Wunsch nach mehr beantwortet. Er erzählt, dass sein Traum wahr geworden sei, die Schule im Nachbardorf renovieren und betreiben zu dürfen. Während er spricht, kommt er einen Schritt auf mich zu und fasst meine Hände. Ich bin unsicher, doch mein Herz hüpft. Ich würde mich gerne einmal in die Schule zum Besuch einladen. Doch auch diesen Wunsch behalte ich für mich. Ich habe Angst, dass ich seine Gesten falsch deute, auch habe ich ihn nie gefragt, ob er eine Frau hat.

Ehe ich mich versehe, sind Sommer und Herbst vorbei. Weihnachten steht Pieter vor meiner Tür mit einem Topf Fischsuppe. Jetzt bin ich sicher: Er hat keine Frau. Natürlich bitte ich ihn herein, brühe einen Kaffee auf und stelle die Suppe auf den Herd. Er bringt mich zum Lachen. Auf den Kaffee folgt ein Spaziergang im Wald. Ich zeige ihm die Kreisfährten der wilden Hühner und lese ihm die Pilze unter dem Moos. Er beschreibt, was er empfindet, während er einen Baum umarmt. „Komm", sage ich, nach einer Weile, „ich bin hier." Er lacht und nimmt stattdessen mich in den Arm. Sein Hals ist warm und riecht nach Holz und den Sternen.

Tikaani sitzt auf einer Anhöhe, ihren Blick in die Weite gerichtet, ihre Nase vibriert, ihre Sinne sind wach. Sie hat ein neues Revier hier gefunden, denn manchmal höre ich ihr Heulen oder sehe sie irgendwo auftauchen und ebenso schnell wieder untertauchen.

Ich mache Feuer im Ofen meines wieder hergestellten Hauses. Die Fischsuppe schmeckt gut. Pieter möchte die Geschichte vom Bürgermeister hören. Ich erzähle sie. Das habe ich lange nicht getan. Wirkliches von mir habe ich nur mit Hannes, der Wölfin und der Familie im Moor geteilt. Doch dieser Mensch, Pieter, begegnet mir in einer verwandten geistigen Ebene und sein Körper sendet Schwingungen, die mir wohltun. Er benennt es nicht, doch ich tue es: Seine Seele ist stark und sanft genug zugleich, damit es so mit uns sein kann. Es erscheint mir selbstverständlich, dennoch rufe ich ein „Danke" in den Himmel über dem Ozean.

Zum Fischeintopf gibt es kleine Kartoffeln vom Markt mit Thymian und Wein. Es ist ein kerzenlichtwarmes Weihnachtsessen. Nach dem Essen tanzen wir und schlafen auf dem Sofa ein. Am ersten Weihnachtstag ist die Glut im Ofen noch warm. Am zweiten Tag bricht mein Gast auf. Einige Kinder haben ihm versprochen Zweige, Laub und Fallobst vom Rasenplatz vor der Schule zu sammeln, damit es im neuen Jahr gut anfängt. Ich glaube die Kinder werden mir gefallen.

21   Der Stein, den ich vor einem Jahr im Garten vergraben habe, als der Bürgermeister mein Haus angesteckt hat, ist herausgeflogen. Von selbst. Wie ein Bumerang, direkt an den Kopf des Bürgermeisters. Er fiel um und war tot. Niemand, außer mir und meinem Gefährten weiß, dass er selbst es war, der den Stein an seinen Kopf geworfen hat, als er mein Haus angesteckt hat. Die Erde hat sich entschieden. Nun sind die Leute im Dorf entsetzt. „Tot! Von einem Stein getroffen." Sie rätseln. Ich schweige.

Ohne ihn sind die Menschen im Dorf friedlicher. Wir haben einen harmonischen Dorfplatz jetzt. Manchmal gehe ich sehr früh morgens hin und setze mich ins Gras. Dann denke über alles nach, was passiert ist, seit ich der Wölfin begegnet bin. Ich schaue wieder in ihre tiefen, klaren, grauen Wolfsaugen. Diese Augen, die mich unerbittlich festhalten, mit Kraft und Entschlossenheit. In ihnen versinkt alles, was mich ängstigt oder verwunden könnte und ich fühle: Mein Wesen kann nicht sterben, es wird immer sein.

In seltenen Momenten, die ich nicht voraus ahnen kann, taucht Tikaani aus dem Nichts auf und legt sich ins

Gras, als hätte sie alle Zeit des Universums. Sie kommt und geht.

    Sie ist frei.

22   Der Morgen bricht bald an. Ich stehe am Ozean auf dem Felsen. Es gibt nichts hinter dem Horizont, das mich ruft oder von hier weg treibt. Ich erkenne, dass die Schwere am Anfang meiner Reise aus meinen eigenen Lebensverboten und Verneinungen bestand. Ich bin dem Ruf des weiten Landes gefolgt, es hat mich aufgenommen. Das Feuer wurde mir ins Herz gelegt, damit es die Mauern nieder brennt, die mich von meiner Wahrheit trennen, und ich mich immer wieder aufrichte. Meine Wahrheit auszusprechen und zu leben, das ist meine Fährte. Dieser Fährte folge ich, auch wenn sie ein Kreis sein sollte, solange bis der Südwind sie verwischt. Bis dahin bleibe ich auf dieser Seite des Ozeans mit Tikaani und Pieter.

Wie kurz und unbedeutend mein Aufenthalt hier in dieser Welt sein mag, es ist nicht wichtig. Gerade deshalb will ich das Hier und Jetzt, mit Allem was ist. Das sind mein Glück, meine Liebe, mein Leben.

Die Sonne streckt ihre ersten Strahlen in den Übergang zwischen Himmel und Wasser. Noch regen sich die Möwen nicht, doch es wird nicht mehr lange dauern bis sie über das Meer segeln.

Abschließende Information

Diese Geschichte ist Fiktion. Wölfe sind Wildtiere. Sie meiden Menschen gewöhnlich. Wenn Sie mehr über eine verantwortungsvolle Haltung zu Wölfen erfahren möchten, wenden Sie sich an den *www.nabu.de* oder nehmen Sie bitte Kontakt zu einem Wolfsberater in ihrer Region auf.

Tosha Green, Jahrgang 1968, ist in Norddeutschland aufgewachsen, hat Naturwissenschaften studiert und arbeitet im Bereich Natur und als Yoga- und Meditationslehrerin. Neben Onlineartikeln hat sie ein weiteres Buch veröffentlicht.

Kirsten Harkensee, Jahrgang 1961, ist Kirchenmalerin und Kunsttherapeutin. Malen und Farben gehören zu ihrem Leben.